詩画集

あの子の影は黒いチビ猫

小林あき

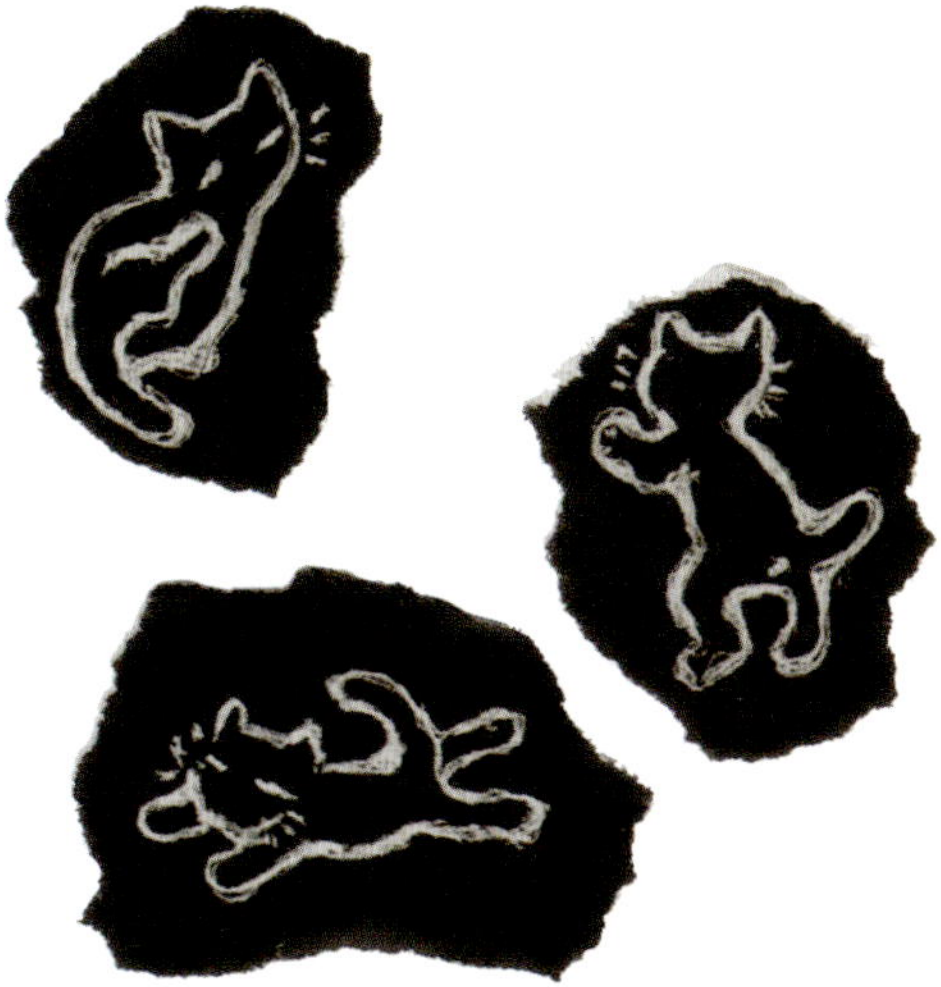

書肆侃侃房

⬅　いらっしゃいませ　　1959年頃　24.5cm × 30.5cm

いらっしゃいませ
AK

弟　1956年頃　25.0cm × 25.0cm

もくじ

第1章

猫電話 12
カナカナ蟬 18
迷子の通りで 26
糸くず虫 34
山羊のお墓または百葉箱 42
花のぞき 50
二枚の写真 58
あの頃　その頃　この頃 68

第II章

苦髪楽爪　76
アリス・リデルに会いました　82
ひそくの雪　90
ある日　春めいて　98
ビリー・ジョエルの歌　106
エミリー・カーの話　114
紅白梅花茶屋之図　122

絵のもくじ ―― 126
あとがき ―― 130

妹のまつげ　　1957年頃　23.0cm × 21.5cm

■本のタイトルは
少女の時の二行詩からとりました
（巻頭詩「猫電話」をお読みください）

■この本にのせた
絵画作品はすべて
少女時代のものです
（散文詩「あの頃　その頃　この頃」を
お読みください）

あの子の影は黒いチビ猫

むかしの汽車です　1959年頃　20.5cm × 28cm

第1章

汽車の
走る音です
1958年　直径 20.0cm

猫電話

∞
紅葉で
真っ赤な外から
もどるのは大きな黒猫
∞
キッチンに立つ二本の足を
クネクネとめぐり
無限大の記号をえがき
∞
猫は
ダイヤル式の
電話機になる
∞
それを両手でもちあげる
胸のところで
リンリンと呼び出し音がなる
∞
シッポであった
受話器を耳にあてる
おぼえのある声
∞

「もしもし
書物庫を『魂の病院』という
修道院はそちらですか」

∞

答えるまえに
あいてが
番号ちがいに気づく

∞

切れた会話で思いだす
(少女のころの二行詩
…あの子の影は
黒いチビ猫…)

∞

タイトルは『星月夜』
きっと
今夜は星がきれい

∞

ケトルがゆげをだす

∞

床におく黒電話

∞

姿のもどった猫が
のびをする

⬅　どこかの海　　1958年頃　22.0cm × 21.0cm

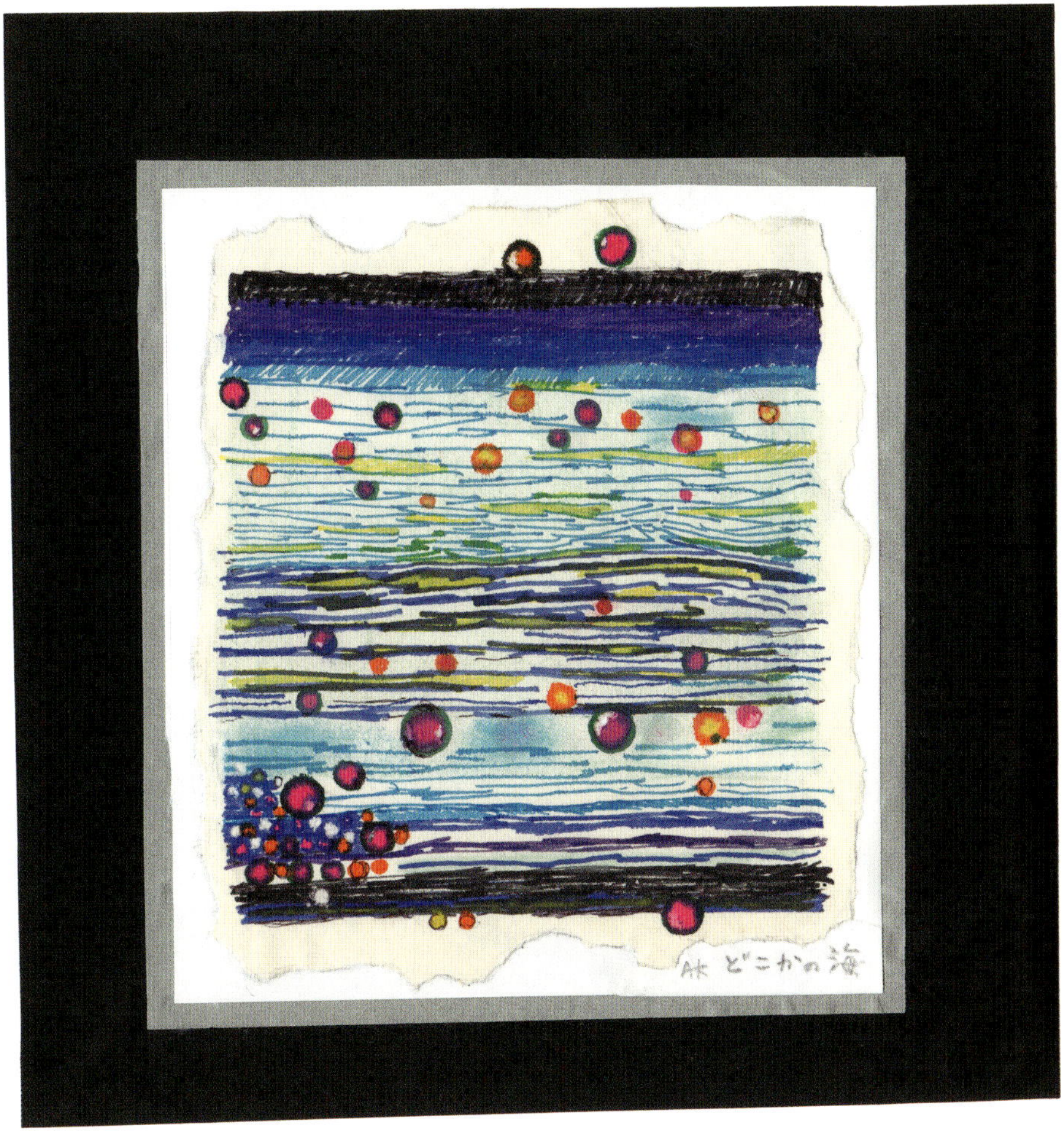
AK どこかの海

⬅ 正しいのはどっちの時計　　1956年頃　20.5cm × 16.0cm

カナカナ蟬

気になったのです音が
家の二階なら
蚊帳を吊るす音
輪っかのぶつかる音がしていますが

カナカナカナ
という音は
電柱にいる蟬であると
兄ちゃまはいうのです

二つになる私は
ちゃぶだいを離れます
あけっぱなしの勝手口におります
じゃまなのは乾物箱の山
まだまだ食べ物不足の町
父の臨時のあきないなのでした

「海苔お分けします」の貼り紙に
長い行列ができたのでした
焼け残りの店舗兼用
本業は紳士服の仕立屋です
路面電車の通りにある家でした

外に出たとたん
蟬の音を忘れました
こんなに
驚いたのは
はじめてです
おとなが泣いていたからです

人はおとなになっても泣くのです
とめどない涙
パラシュートのようなスカート
金色のハイヒール

割烹着の母がきます
私は母につかまります
抱かれた肩ごしに見送るのは
泣いていた人

米軍ジープ

電柱の下で母はいうのでした
「電気もガスも使えるとなれば
ソレッとごはんを炊いたのよ
おにぎりをむすんで包んでは
兄ちゃまの体にくくりつけた
どなたかこの子を救ってくれますようにと
二年かしらね
空襲の日々から」

カナカナがひびきます
ヒグラシ蟬は
しみじみ

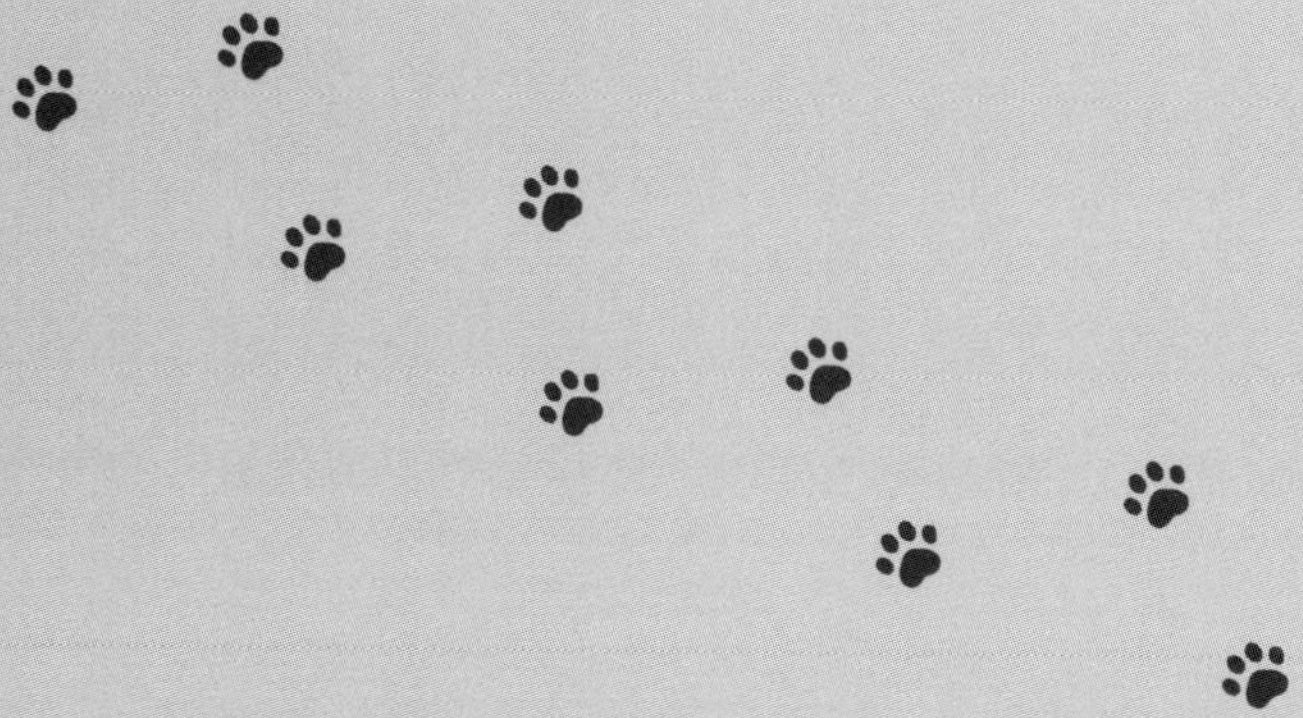

⬅　ピンクちゃん　うかんでごらん。朝ですよ　　**1957年頃　29.5cm × 28.0cm**

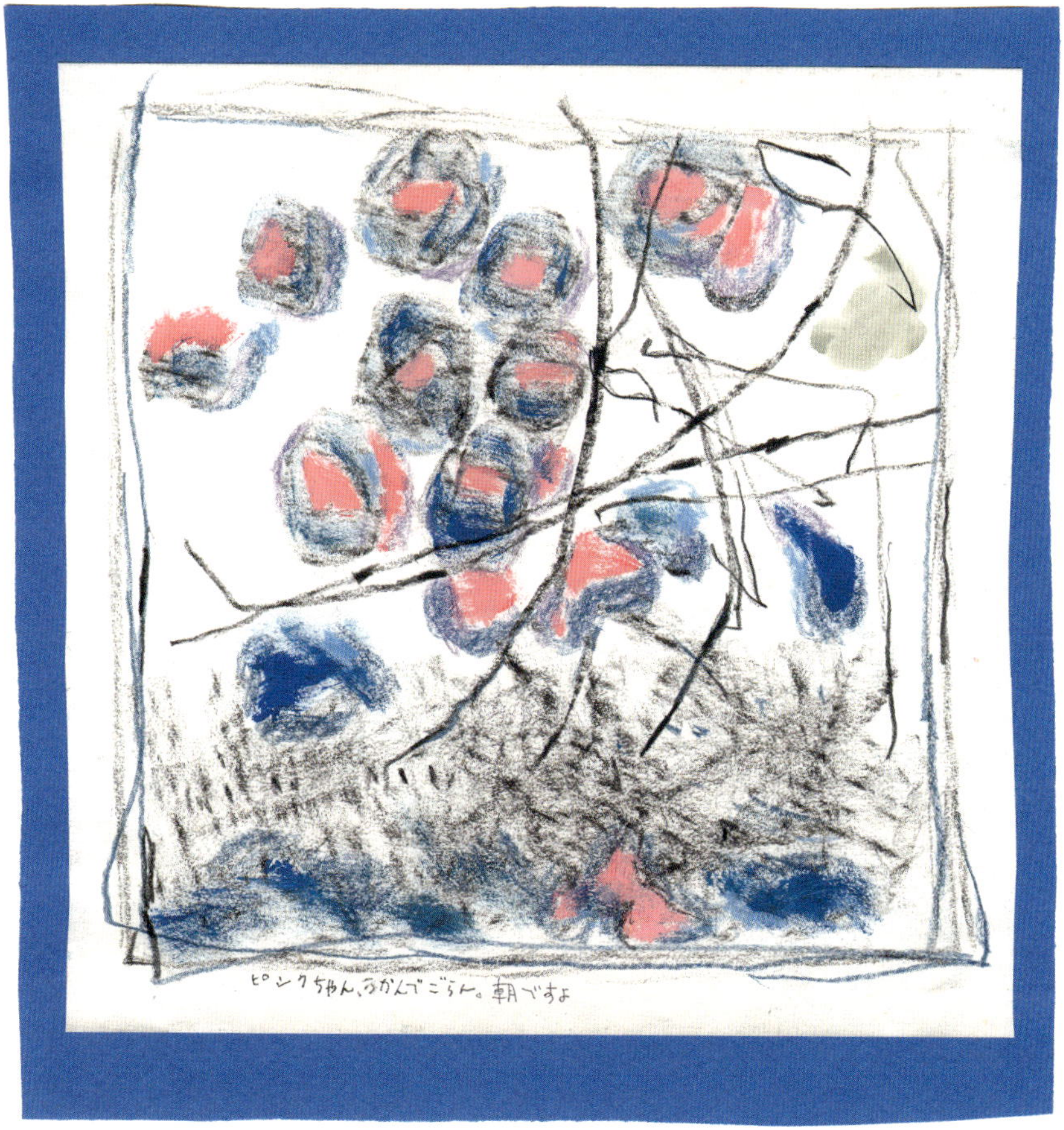
ピンクちゃん、うかんでごらん。朝ですよ

⬅　風虫の子どもたち　　1957年頃　23.0cm × 27.5cm

金魚の子どもたち G組
AK

迷子の通りで

ゲタの鼻緒は紅色で
かかとにかけたゴムのひも
麻の葉もようの
藍のゆかたに黄色の三尺おび
そんなおめかしで通りをぬけ出るつもり
かぞえで三つの歳でもしっかりぬけ出るつもり
豆腐屋は早じまい
八百屋も魚屋も早じまい
板壁と板壁の間から
濃くなるのは夕闇です
曇天は低く蒸し暑く
はぐれたあとも
ひとりを楽しむようにトコトコ歩きます
通りは
たちまち
足音いっぱい

人声いっぱいの雑踏です
人々は漆黒に白い線描き
幼い記憶とはそんなものです
ピシャとコツンと金魚のふくろに鈴虫のカゴ
人のぶらさげる高さにあるのが
おでこだからです
ぶつけられても泣きはしません
ふわふわ綿菓子売り
ハッカのパイプ売り
あめ衣のアンズ売り
露店はどこも
吊り電球に蛾がまわり
その楕円だけ煌々と一晩のかせぎどころ
盆栽売りの棚の段々
一段ごとに正札がわりの小人がハッピをはおって
祭り笛をふいたりしゃがれ声で売り値を下げたり
復員兵のかっこうをしたマジシャンは大男で
ひよこをピンクやブルーにかえて見せます
しゃがんでしまうのは
子ども雑誌のふろく屋です
印刷インクのはみでたノリシロを
じょうずに組めばできるはずのメリーゴーランド
つぎにしゃがみこむのはオモチャの並ぶ茣蓙《ゴザ》のまえ

セルロイドのおままごとがほしい
ブリキのお猿さんもほしいけれど
迷い子に気づいた露天商がいうのです
「お金のない子を裸にしたら
　キューピー人形そっくりだね」
あとずさりする私を腰幅でかばってくれる人がいます
白檀が匂う人です
つぎのつぎはお面屋さんで
お面のうらはからっぽなのに
目玉がギョロギョロするベティさんにおさむらいさん
それでも怖くないのは
通りのつきあたり
お寺の縁日だからです
憤怒の彫像も涼みにお出ましで
子どもにはおやさしく
白檀が匂った人こそ『お不動さま』でした

⬅　それに目があれば生きてるよ　1956年頃　26.6cm × 31.5cm

それに目があれば生きてるよ

⬅　心の地図、道をさがそう　　1957年頃　24.5cm × 24.5cm

心の地図・道をさがそう

糸くず虫

高く高くそびえていました　炭屋さんの店先に積みあげた売り物の薪のたばです　巨大な立体芸術を鑑賞する目で　幼い私は見あげていたのです　薪のたばが縦であれば木はただの美横であれば年輪のこぐち　縦と横を列もたがえて積んだ市松もようの見ごとさ　どこから引きぬいて売るのでしょうか

この炭屋は大店でした　練炭やタドン　七輪と火鉢　白炭から灰　茶道の道具類もあり　奥に楼閣のならぶ旧中仙道で私の家とは市電通りをはさみ　左どなりは銀のウロコの魚屋で　右どなりはワラの上に桃をならべた果物屋　あずき色やまだら色の豆屋のむかい　そんな炭屋にも幼い女の子がおり

女の子には婆やさんがいつもいて　その人が私を手まねきするのでした　女の子が嫌がる施術をいっしょにうけてほしいというのでした　施術者の装束が旅の途中の山伏のそれであるのは私が長じて加えた空想だと思われるのですが　私は五

本指をパッとひらいた手を　むきあう老人にさしだしました
泣き虫　癇の虫　強情虫　神経過敏も体内にひそむ虫のせい
で　おとなをこまらせる虫を出す術は高額　いつまでも続く
ような呪文がとなえられ　掌に走り書きする見えない文字
すると私の指先から糸くずに似た虫が出て　白く細く半透明
の虫が出て　炭屋の子の指からも糸くず虫はもだえ出ました

虫切り　虫封じ　虫こなし　科学的根拠のない手品のごとき
施術であっても確かに虫は出たのでした　帰宅して母に話す
と　母はこの術を知っており「親にことわりもなく」といい
私をおびえさせましたが…この子の虫も相当な数…と感心さ
れたことを伝えると母は苦笑して「炭屋さんの子は貰い子だ
から　いっしょにうけたおまえは優しいことをした」といい

母が同情する炭屋のむめちゃんは　東の方角の遠くから貰わ
れてきて　このあとしばらくして西の方角にむけ　人から人
へ渡されて行き　養女にふさわしくない女の子はゴツゴツの
手にはさまれたのでした　それを自分の脇の下にも感じ　私
は身をよじりました　あのあと　あの子　むめちゃんは私の
思いえがけないほど遠い地でどんな生き方をしたのでしょう

私はそれから背骨を病むのです　骨の結核を診断する整形外

科はわずか　負傷兵の治療が進歩させたその科は電車をのり
つぐ大病院のみ　終戦後の物不足　父がさがし集めたガーゼ
でギプスが巻かれましたが　夏であったので私は着ているも
のを脱ぎ　脱ぐことのできないギプスで走りまわっては叱ら
れました　やがて　歩くことさえ忘れる日がくるのですが

ふしぎな呪文で出てきた虫　ピンセットか箸の先か　つまん
でガラス管に入れたのか　そうした記憶はないのですけれど
それでもいくらかは体に残ったはずです　ふたりの女の子が
それからを生きていくのに　必要不可欠な虫なのですから

⬅　みんな　あそぶ時間ですよ　　1959年頃　24.5cm × 24.5cm

みんなで
あそぶ時間
ですよ

⬅ こがらしのかくれんぼ　1959年頃　22.0cm × 23.5cm

かくれんぼ
G組

山羊のお墓または百葉箱

親がつつましい仕立屋であっても兄と私には愛されて育つ幼年のかがやきがあった　引き換え券をうけとった奉仕の人は「ピヨピヨの妹をつれてくるとは　良いあんちゃんだねえ」とおまけをついでくれた　白玉入りのおしるこ　瓦礫の残る路地があっても　とにかく終戦から数年　地域のめでたい復興祝い　コの字に建つ木造校舎　その小学校の理科室でふるまわれた甘いひと椀だった　兄は詰め襟の一年坊主で私は短筒袖の着物に胸あてまでフリルをつけたエプロン　帰ると兄は遊びにいき　私は身重の母にしゃべりまくった　教室の窓はガラスだらけ　廊下はどこまでも続き　運動場は広く平ら真ん中のイチョウの巨木は葉をちらし　そして片隅に見つけてしまったのだ　虫の羽をつけた小さい小さい家族が飛びながら住む山小屋としか見えない建物　白い三角屋根　白い横板の壁　白い四本柱がかかげる高床式　神秘にみちた小建築「兄ちゃまはいったの　あれは白い山羊のお墓なんだって」

＊

Tさんの職場は通所施設なのに泊りこみ

寝袋からケイタイにでました
福祉作業所の休養ベッドに
ひとりを保護しているからと
ここの役割りをこえているけれどと

＊

そのひとは
手足の麻痺と軽い知的障害
一週間後の誕生日に成人する女性でした
成人すれば障害年金が出る
アパートを借りる公的補助も申請可
近隣ボランティアの支援の手も見つけた
なにより作業に熱心な努力家

＊

Tさんはそのひとを引きはなしたのでした
アルコール依存の兄の暴力から
何もできない父親と母親から
老朽化した集合住宅から

＊

そのお兄さんにも
ご両親にも助けが必要だとわかります
Tさんとともに私も沈黙です

＊

私はそのひとに言いたい

（あなたはちっとも悪くないよ
　きっとあるでしょう
　私の『山羊のお墓』のような思い出が
　それを忘れなければ
　お兄さんをゆるせるよ）

＊

兄は中学生になっていた　私は虚弱児の鍛錬施設からもどさ
れて以来寝たきりだった　そもそもその寄宿学校にいく子ど
もではなかったのだ私は　体も心も疲れはてていた　兄の足
が当たる脊椎炎のうみでふくらんだおなか　うめく私を兄は
ひと睨みして　弟妹たちの洗濯物をたたみ掃除をし　米をと
ぐ　従業員全員の制服を注文してきた会社の倒産　その痛手
からも　妻の非難からも　遠く逃げるしかない父　母はとい
うと日ごとの食事代を得てもどれるのは電気がついてから医
療からも学校教育からもこぼれた私は兄に対して常に無言

＊

あれは『山羊のお墓』ではない　『百葉箱』というのだ　角
川の国語大辞典は説明する……気象観測を行うための測器を
入れておく箱　箱内の温度が一様であること内壁の温度が箱
外の温度と同一であること　通風のよいこと　測器に日の当
たらないこと　外界から放射熱が入らないことなどが必要
木造でよろい戸を四方につけ白ペンキを塗り　計器類が地上
約一・五メートルの高さに作られ　周囲は芝生にする……

⬅　トランプしようよ　　1957年頃　41.0cm × 31.5cm

1957 AK

⬅　ピアノがしてくれたお話です　　1959年頃　30.0cm × 28.0cm

花のぞき

その遊びの名を
私にきくのです
その人は

その人は
母親に背おわれた子どもでした
普請場は
材木の匂いが
春の光にからみあっていたそうです
……
その日も弁当をとどけたのに
外泊つづきのおやじは来ていなかった
母親は背からおろしたおれを
地べたにしゃがませ
女の子の遊びだけれどと言った
じっさい

肩あげのある絣のほうが
ふさわしかったおふくろさん
彼女が生暖い土をほると
蓋にしたかけらのガラスが現れ
その下のオモチャじみた落し穴
穴はすっかり蒸れ
ガラスの内側に露をむすんでいて
奥には
首をつまれたレンゲにタンポポ
花びらの色がぼやけていて
それでいてキラキラと
奇麗だった
……
おれはギョッとした
夜ふけの母親が小さくちぢんで
土の小穴に
閉じこめられているような気がしてね
……
ふた親の寝間をのぞいてしまったのさ
なたねづゆの夜だったさ
納戸のまえで
夢にうなされただけだと
なだめる母

大工の子であるこの人は
その遊びの名を
私にきくのです

おなじような両親の子
私に言えるでしょうか

その草花あそびを
〝花のぞき〟だと
言えるでしょうか

第二詩集『古風なトランク』（1981年花神社）改稿

⬅　小鳥のコーラス　　1959年頃　33.0cm × 25.5cm

小鳥のコーラス
三年G組

⬅ 虫をこわがってはいけません　1956年頃　21.5cm × 30.5cm

虫を
こわがっては いげません

二枚の写真

1

カーキーとはインド語です
古い写真が
土ぼこりを意味するカーキー色としか
思いおこせないのは
赤ん坊を抱いた男が
その色の国防服を着ているせいです
胸の布切れに
身元を墨でしるしていますが
戦火にあったら
たちまち燃える住所氏名でした

男はどことどこから
買い集めてきたのか
産衣から四ツ身に七五三の振り袖まで
ツヅラにぎっしり持ち帰ったばかりでした

父親なら赤や桃色
紫や雛色の着物で愛でるものだと
敗戦のうわさが流れる町から
花の衣が消えるまえにと

男は若い横顔を
歌舞伎役者の角度でうつむかせ
ミシンを動かす
仕立屋の指で
赤ん坊をなだめています

生まれたばかりの子は
まずはと袖を通された
宮まいりの衣裳のなかで
体を反りかえして泣いているのです

男が老いて死んだあと
この写真を見つめる
今のあることを泣いていたのでしょうか

衣裳の手まりもデンデン太鼓も
カーキー色した印画紙のうえで
赤ん坊の私はアーと声を絞ったままです

2

画廊の接客コーナーというより
書斎の一隅のようなソファで
私はどんなことから
その写真の話をはじめたのか
時代の激動期に
いくら商売をかえても失敗ばかり
世間を賢く渡れなかった男の写真です

たとえば
愛憎で開閉する花
その閉じた花弁の内側から
外を透かして見たような
オパール色の写真
いいえ違います
モノクロームの雪景色

東北のどこかの温泉地
ツララの下がる庇
半分ひいた格子戸は
うす暗い帳場をのぞかせ

ひなびた宿屋は
異界の入り口に似た積雪のおくにありました

そんな車寄せで
ダットサンの運転手にカメラをたのみ
男は妻ではない女と立ったのでした

ここへ来るまえに
男がしたことは何？

長く病む小さな娘の猫を
ガード下に捨てたあとか
学校にも行かず猫をかわいがるのが
気味悪いという理由で

すでに生意気な中学生
妻の言い分だけを信じる息子の
債権者と応対した勝手さをせめ
たたき倒して出てきたあとか

なぐさめられるのは
娼婦街で知った女だけ
男のおのれに対する嫌悪は深く重く

ふたりが
並んで立つ地は氷のようです
雪をかきとられ
底無しの地中へ割れそうです

目もとがそっくり妻のこの女から
はなれられない男の哀しみなら
ふたりもろとも
地中へ落ちて行くでしょう

この写真を見つけたのは
美術を学ぶようになったあの娘でした
押し入れを片付けていたこの私でした
許せるはずのない証拠写真

なのに
私は美しいと思ったのです
絵にかきたいくらいそう思ったのです

話をきいて
ほほえんだのは
画廊の主人の州之内徹さん

ユニークな画商で文筆家
やはり
愛多かりし今では故人
ホーと息をついてから
おっしゃったのでした
「僕のそばにも娘がいるとよかったな」

第四詩集『ネコなら仔猫イヌなら老犬』（1992年石文館）改稿

⬅　ジャンプ　　1959年頃　24.0cm × 21.0cm

ジャンプ

⬅　あっちとこっち　　1958年頃　13.0cm × 13.0cm

あっちとこっち

オロオロと　ひどい罪悪感でいたたまれないのです　対処法
はわかっています　このマンションに引っ越した時なるべく
広くと壁をなくして玄関をとりこんだ部屋　画材のそろった
そこに籠ればよいのです　絵を描かぬ禁断症状なのですから

絵を描けばテラス広場の噴水の音がしなくなります　集中ゆ
えの静寂は十分程に感じても　三時間がたっていたりして
ボードレェルの…常に酔っていなければならぬ…という詩が
うかびます「時」の重みを感じないために『酔いたまえ』
という詩　何に酔う？　酒に？　徳に？　私のそれが絵？

美術団体××会　公募作品の入選を審査する美術館の地下室
手伝う若輩のひとりが私で　先輩から拝聴した話は「画家は
みな中毒者　マラソンのランナーズ・ハイとおなじことだよ
無我の境地で描く間　分泌される脳内麻薬の中毒患者なのだ」

陶酔して描いたとしても私の絵が良いわけはなく　お付き合
いのいろいろ　会の幹部で賞のやりっこら　疲労のすえに退
会したおバカな私　中学の頃のK先生に諭されていたのに

私は一大決心をして中学校にでかけたのでした　昼休
みの職員室　美術担当の女性教師の前に立つ痩せて顔
色の悪い少女　それが私　持ってきた紙の束は　安価
な絵の具を水で遊んだ色　割り箸を削って引いた黒イ
ンクの線　奇妙な草花　弟がモデルのけだるい少年
金属的な小鳥や動物　空想のお城　どこでもない風景
（これら少女期の絵は　ほんの一部が今日まで残るこ
とになります）美術のK先生はしばらく黙ったあとで
「G組の小林さん？　はじめて会った？　エンマ帳の
評価は最低の1になっているわ」　当然でした　私は
授業にでたことがなく　提出作品もゼロの生徒でした
から　昭和の団塊世代　各クラスに数人はいた長期欠
席の生徒　不登校もあったでしょうが社会の盲点に隠
された子たち　長く病む私　全科目1の通信簿が学期
末ごとに届き　それで同級の誰かに点数の評価配分を
譲りながら押し出されるように小学生から中学生に

K先生は『みずゑ』や『美術手帖』『芸術新潮』など
専門誌を貸してくれました　シャガールやエルンスト

やキリコの画集も　とうとう贈られた本のパウル・クレーは綴じ糸がほつれてもなお宝物　のちのち結核病棟から受験した高校の建築科でも（私は町の工務店の製図工ならなれると考えたのです）　美大で得た教員資格で知的障害児の図工講師をした頃も宝物の一冊

子供のアトリエを自宅でひらいた夏でした　乗ったバスのなかにK先生がいらして　まずは　目と目　手と手が再会し　ならんで座席につき　「毎年　○○会展で見ています　ゆったりした会員の壁にある先生の油絵を」　といえば　先生は先生で　「××会の会友に推挙されたのを知っていますよ　美術館にいくたび探すのです　あなたの近作を」　うなだれる私に先生はお言葉を　「団体展は『画家のマラソン大会』だと思いなさいな　ギュッと凝縮した個展の自分らしさは薄まるかも知れないけれど華やかでにぎやかしい　会から求められるキャンバスの大きさ　百号二百号に取りくむことは技術の鍛練でもあるでしょう　その他大勢の三段がけの壁にあっても上下左右の絵よりも自分の絵ががかがやいていたら完走者　芸術は競争ではないけれど画家も「時」の子供で　自分が今のどこをどんなかっこうで走っているか　自覚する体験にすればいいの」

団体展から遠ざかっても自然の生物をテーマにしたグループ展は続けさせて頂いて　図鑑のイラスト　洋画に日本画　工芸や彫刻　スーパー・リアリズムの人たちは登山家であり環境学者であり　搬入出の力仕事を代って下さり　会場当番をおゆるし下さり　場ちがいのナイーブ・アートの人でも仲間にいると楽しいと

あの頃やその頃　そしてこの頃　確かなのはオロオロする気持ちだけで　たいした絵でもないクセにこだわっているだけの罪悪感にすぎないと「時」の重みにあらがうあわれさといとおしさと　また幸せをも　あてはめてしまう次第です

⬅ 子ネコのあそびべや、今はいない　1960年頃　26.5cm × 24.5cm

こねこのあそびべや、いまはいない

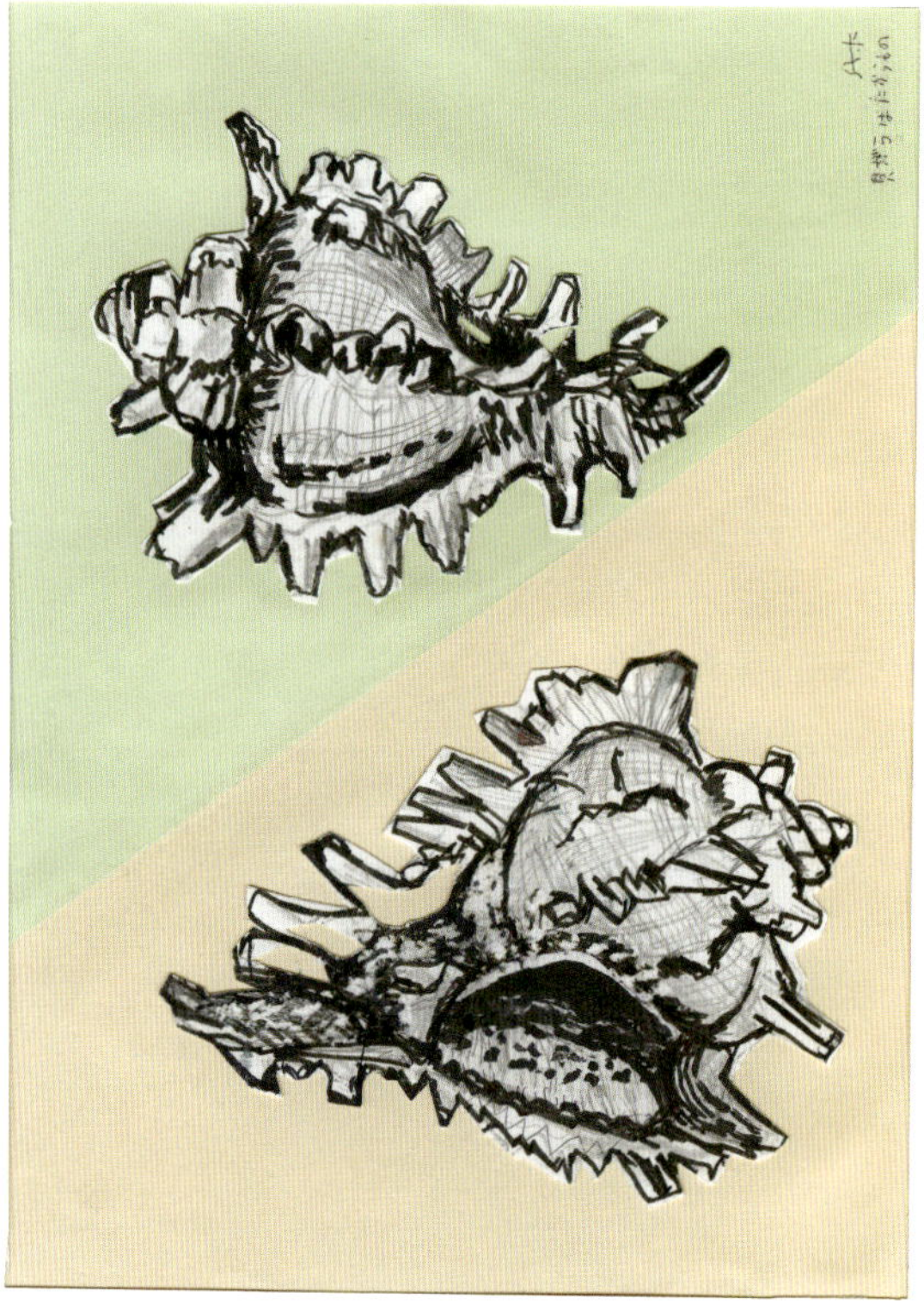

貝がらはたからもの　1957年頃　20.0cm × 29.0cm

第Ⅱ章

お月さまと貝がら　1958年頃　直径19.5cm

苦髪楽爪

襖をあけてもあけても　どの座敷にも鋏がありません　苦労してのびた髪をも　楽をしてのびた爪をも　切りそろえるのにいるのです　はだしの足が畳をこする音　私の足は四六時中　流れの急な冷たい川を渡る感覚　走ればザブザブと　見えない水しぶきをあげてしまいます　とつぜん幼い声に叱られます　エンジェル・フィッシュの水槽なんだょお　あっごめん　水族館ごっこをしていたのでした　絵を習いにきた子どもたちの魚の絵　貝の絵　蟹の絵　藻の絵　でもこの水槽にはカギの形をした小魚がぎっしりよ　このなかからひとつのキーを探すのは容易なことではありません　えっ　探していたのはキーでしたっけ　粘土で動物券もつくるの　いぬならいいの　ねこさんはだめ　魚が好物だものね　画架のうしろにもぐりこんで　ここは入場券の窓ぐちだよ　さあいらっしゃいと赤ちゃんぽい手　この画室はあしあとだらけあしあと券もおつくりよ　ロボットがモップを持つと釣り糸がねさがってくるんだ　みんなは釣り糸をつかんで浮かんで

いるのさ　おそうじがすむまでね　でもさがってきたのは蜘
蛛の糸　出来たてのオニ蜘蛛の巣はきれいだね　総絞りの絹
地の蝶々をかざってあげたいね　だあれ　水槽の上部　日め
くりカレンダーをやぶいているのは　やぶかれた大安も仏滅
も平べったい魚になって蜘蛛の巣くぐりの芸をはじめました
日めくりをやぶいたのは言葉を閉じた子　そうだね　君の
日々に日付けはいらない　君に時計をあたえるキーを見つけ
たいけれどキーなど見つからない　水槽の底　たえまなく抜
ける小さな水龍券のカギ穴　いえ　探していたのはキーでは
ない鋏ですよ　苦労してのびる髪だか　楽してのびる爪だか
どちらも切りそろえたくて　よく　言われるでしょう　死ん
でからものびるのですよ　髪も爪も　苦も楽もずっとつづく
のです　めぐりめぐるまえ　ずっと昔に　こんなこともあっ
たのでしょうか　私は誰もいない城の中　お姫さまではあり
ません　戦国時代でも貧しい娘　襖をあけてもあけてもない

第三詩集『窃視15』（1983年私家版）改稿

⬅ もしも銀河鉄道に上り線と下り線があったなら　1958年頃　23.5cm × 25.0cm

上り線と下り線
もしも『銀河鉄道』に上りと下りがあったなら

⬅　ふしぎな森の生きもの　　1956年　22.5cm × 20.0cm

ふしぎ森の生きもの
1956

アリス・リデルに会いました

童話の主人公に会いました
エプロンドレスがひらひら
よつんばいで走ってきます
不思議の国のアリスです

じつは服を着た犬です
息をはずませる飼い主さんは
童話の作者の数学者にそっくりです
小さな犬をアリス・リデルと
フルネームで呼ぶのでした

犬のあまりの感激に
おいつかれた私はべとべと
むじゃきな舌がなめるのは
私のほほであり心です
心の沈殿物です

ですから　お礼に
包みをほどいてお見せしたのです
「ヤマネをかいた絵ですよ
英語では〝ねむりネズミ〟
童話の茶会に登場しますね
リスのようでも
もっと
ちっぽけ
日本の種は
さらに
ちっぽけ
枝から枝へさかさま移動
蜜や花粉や虫をむしゃむしゃ
冬眠中は
玉になってすやすや
こんなに
愛らしいのに絶滅危惧種
山荘の戸袋に巣づくりし
駆除されることもあるそうです」

道ばたの講釈はおわりました
これから私は

野生動物展に絵を搬入するのですが
この世の
歩き方が
あぶなっかしいのでしょう
しっぽのあるアリスと
のっぽの飼い主さんは
はらはらしながら
見送ってくれました

⬅　ひとめずつ　　1956年頃　20.5cm × 22.0cm

ひとめづつ AK

⬅　おばあちゃんちの百合　　1957年頃　25.5cm × 20.5cm

おばあちゃんちの百合
AK

ひそくの雪

人々の偏見をなくすためもあり　にぎわう駅前ビルがその場所で　誰が利用者か　誰が職員か　身につけるもので区別はしていません　明るいインテリア　おしゃれなカフェといってもいいくらい　テーブルには大きなガラス器いっぱいの花近くの生花店の好意です　けれど花々がうなだれているのは水をかえていないからです　職員は定期印刷物の制作会議中次号は政治家のインタビューをのせるのです　精神障害者の福祉向上について語る記事です　百人にひとりは罹患するという精神の病　多くの人は急性期をのりこえれば一般の人と全く同じに暮らせます　悲惨な隔離病院の歴史　市中で治療が可能な人々がつどうデイケア　この絵画教室の先生が私で

五十号の油絵を自転車で見せにきた青年　彼が心を病んだのは芸大受験の失敗時　だから基礎のある人として私は酷評偉そうな私の視線のさき　窓にふりはじめる雪　その白さの包帯を巻いた手首に気づいてほしい娘さんがいます　たずね

る私「救急車をよんで下さったのは？」　未遂の自死です「家主さん　銃社会のアメリカだったら終わってますね」とほほえむ彼女　今日は椅子にいるだけで優等生　するとパステルを落とす中年男性　私は背柱を装具で支える身ですが　かがんで拾いこの方にソッと触れます　この方を癒す艶が私にあるといいんだけど　彼が真夜中に電話をかけてきたのはおとい　職員もふせている自宅のアドレスを知られてしまったのは施設に出した個展の案内状　私は怖がらないでと受話器にいいました「その大声はあなたを『三流画家』とほめているんです　いいなぁ　私なんか五流六流だもの」　幻聴を翌日の受診で話すことを約束してもらいましたが　本来ならダンディな紳士　薬で自分らしさをおさえこまれた　元は一流商社マン　この時　かしましいオバサントリオの声が

❄

声のからまる彼女たちに　私はケルト模様のカラーコピーを切り抜いてコラージュする教材をつくってきました　誰の人生も波瀾万丈ですが　トリオの不幸自慢を当事者間のはげましの会話に誘導する心理職のスタッフでは私はありませんそれでも気づいています　三十代のまるで少女の人が恋をしていると　相手はカウンセラーをめざす大学院生　偶週ごとの火曜　私の教室と重なる実習生です　彼には留学中の婚約者がいて　とてもかなわぬ恋なので　私は二人に共同作業をたのみます　みんなの作品を額装する作業　額縁が私の子ど

ものアトリエの使いまわしであっても作品まわりの色画用紙
が小学校用であっても額になるとステキ　こうした人たち独
特の美術のジャンルも認められ　興味ぶかい画面を造る人も
おられるけれど私に研究論文を書く力はなく　専門の画材が
あれば公募展に入選できると感じても何ができるわけもなく

❄

ですから私のねらいはこの言葉《表現することで　みなさん
が生きるこの世界に　美のかけらでも見つけてくださったら
それで百点をさしあげます》　これは自分にもむけた言葉？

❄

窓の結露をぬぐい私は「あらまあ　あの雪の陰の色きれい」
吹きだまりで屈折するごくごく薄い青みどり「英語や仏語の
色名は忘れたけれど和名でいうと『ひそく色』かな」とあや
ふやな私です　補足してくれたのはホームレスまがいの人で
深い教養がありました「秘密の秘に色で『ひそく』だよ　青
白磁器にちなんだ語だ　中国の越にあったのだ　秘色窯が」
窓にあつまる人たち　私は母の介護を理由に絵画講師を辞す
る事はいえません　この雪の色をタイトルにしていつか詩を
書こうと思った事はいえません　彼や彼女のプライバシーを
侵害しない書き方を考える　その思い上がりのまま今日に

⬅ 父のゲタがあります　　1958年頃　20.0cm × 28.0cm

1958. 4.2 月火
父のゲタがあります

⬅　さきっぽから咲くのですね　　1957年頃　21.0cm × 13.0cm

AK G組

ある日　春めいて

こんなに
たわいのない物ばかり集めて……と
笑われてしまいますね
大きな物では手風琴に糸くり機
とても古くて壊れていて
小さな物では
トゲトゲした巻貝やゴツゴツの二枚貝
四角や円形のブリキ缶は
チーズとねずみのラベルつき
牧場の遠景にことりのラベルつきもあり
少々怖いアンティックピストルのレプリカは
彫金かざりも怖いドクロ
なのでバラの花と組み合わせました
みんな静物画のモデルにしたのです
ノブドウがからんだ自転車の車輪ひとつ
拾ってきたそのまえに

ビスクドールをすわらせたこともあります
拾うといえば
美しい落ち葉もゴミのもと
引っ越しさきには保管場所がありません

ずっと蒐集してきた児童画の棚もつくれず
子どもの教室の作品群は資料から消えました
油絵をつみあげる天井裏もなくて
大作の木枠はノコギリで切断
巻いたキャンバスは
やはり作品をだめにして
絵具が
かさぶたのようにはがれました
（かさぶた）とはうまい比喩でしょう

老母をつれて
家移りしたマンションの一階
白い柵にかこまれた専用庭の
水やりをしていると
すると
背中がポカポカ
このあたたかさは
処分した物たちのまなざしだと思いたく……

ホースのしぶきに小さな虹がでます
「細長いびん
ずんぐりしたびん
雑多なガラスびん
よくもまあ並べたね
酸化コバルトの青ガラス
酸化マンガンの赤ガラス
逆光にハモっているじゃないか
君のこの窓辺は虹のアトリエだ」
そう笑った人も
背後にいるようです

⬅　家のなかの好きな場所　1959年頃　26.0cm × 28.5cm

家のなか
すきな場所
6.5

⬅ とびらをノックしてね　　1957年　38.0cm × 27.0cm

とびらをノックしてね
あきこ
1959

ビリー・ジョエルの歌

お酒の飲める年齢になったお客にビールとおでん　「へーっ
熱い内鍋を外鍋にはめておけば」「弱火コトコト状態」「煮く
ずれなしの保温鍋はエコですね」　私の家庭科を理科にかえ
るのは子どものアトリエの卒業生　オモチャをまえに〝誰が
壊したの〟ときく女の子ではなく〝どこがどう壊れたの〟と
きいた男の子たち三人　幼なじみの彼らはたいへん賑やか

Ω

三人それぞれの仕事の愚痴がもりあがるので　ついつい私も
話してしまったのです　年に一度の個人受けおい　本来なら
商業美術の会社ぐるみの仕事　全国の医院の待ち合い室に貼
るポスターデザイン　依頼者は風邪のたびにこじれる私の扁
桃腺切除をした開業医　以来　私はおかかえ絵師　息子さん
の夏休みの宿題指南に呼び出し　個展の油絵を額代で買い
それでも私は気を使いました　私の幼年期にゆらいする身体
障害を分って下さいましたから　評判のよい医師でしたから

Ω

■ノドはタフでもきれい好き　■耳は生きてるアンテナです

■鼻は小さなガードマン　そんなキャッチ・コピーしかり

なぞなぞまがいの三部作も　預けられた医学書から知恵をしぼったのです　自分の文案とイラストがフルカラーで印刷されるのは大きな喜びでしたから　事態に気づいたのはその医師本人のつぶやきでした「いい人をみつけただろうと言ったよ　ハンデキャップのある人だから報酬はこれで充分　今までで三百万の黒字　企業から寄付金もアップ」　これが開業医の団体会議で語られたこと　ポスターには大手の製薬会社のロゴと社名が入りました　献金を受ける口実のポスター

Ω

三人はいいます「おえかきさんは抗議したの」　ええ　老母が「天下の医師と口喧嘩　おまえはすごい」ですって　その後も私の文案は使われ「そんなの著作権侵害じゃないかよ」憤慨してくれる三人こそ　労働問題からの捨て子だと　私こそ怒りいっぱい　健康保険や賃金保障のない臨時雇用　若者たちのワーキングプア　新しい貧困を黙認しているこの社会

Ω

三人はロックのCDを私に送ってくれました『ニューヨーク五十二番街』というアルバムです　歌手はかっこいい青年でビリー・ジョエル「二番目の歌がいいんです　ぼくらの仕事中のひそかなバックミュージックです」　それは英語でHONESTY　オネスティ〝誠実〟という歌なのでした

Ω

誠実とはまことに淋しい言葉だ、
誰もがあまりにも不誠実だから、
誠実という言葉を耳にすることは少ないが、
しかしそれこそあなたから欲しいものなのだ。

（訳　あらいあきら）

Ω

はまりましたよ私もこの歌に　けれども三人それぞれ　調理場の掃除をしながら　火花ちる旋盤にかがみながら　数字のめくるめくコンピューターにむかいながら　この歌を声に出さずにくりかえしているとは　私は歌を楽しめないのです

⬅ 信号　1957年　17.0cm × 15.0cm

信号

⬅ 兄のもの　たてぶえ　　**1958年　16.0cm × 14.0cm**

兄のもの
たてぶえ
AK

エミリー・カーの話

シャッターを半分おろした画廊は
ちらかりほうだい
グループ展*の荷ほどき中です
展示壁のわりあて幅は五メートルほど
私は大小の作品を
コルクパネルにレイアウトしてきたので
壁のあまりをおとなりさんにゆずれます
おとなりさんのNさんは
脚立の作業をひきうけてくれます

Nさんは
若さのバリアをまとったように
ちょっと近よりがたいけれど
海外で絵本をだした
ビューティフルガールです
これがおわると

渡り鳥の調査団に加わって東南アジアへ
いったん帰国したのち
秋には北米を旅するとのこと

私は話をしました
カナダの美術館でみてね――と
エミリー・カーの絵をね――と

エミリー・カーはお嬢さん芸の水彩画から
雄々しく変貌させた油彩画を残しました
巨木を伐採した絵があります
（大自然の悲鳴をきく空）
風雨にさらされたトーテムポールもあります
（それが立つのは滅びた村）

「エミリーは下宿屋の女主人だったの
先住民の伝統模様でかざった
ランプシェードをみやげ物屋に卸したり
働きづめの
未婚女性
それでもピュアな愛があったの
文通のお相手は知性の人で
ふたりの書簡集も手に入るはずよ」

すると
Nさんは
「愛の手紙を公にするなんて
ふたりの死後でもひどいじゃないの」

私は心があたたかくなるのです

晩年のエミリー・カーは
トレーラーを『ぞうさん』とよび
森のなかに駐車
犬たちと暮らしました

＊有楽町交通会館パールギャラリー２０１５年１月
日本ワイルドライフ・アート協会の女子会展

⬅　南の国のホテル　写真カレンダーを見て　　**1958年頃　21.5cm × 27.0cm**

⬅　はっぱっぱ　　1958年頃　27.0cm × 32.0cm

はっぱっぱ
二年G組
AK

紅白梅花茶屋之図

仕上げの地味な掛け軸です

本紙の画面の下方には
青みがかった薄墨の流文

その流れに江戸工法の
橋がかかっています

橋をわたると
茅葺きの小屋一軒

この屋の労働は
うらの畑のほかにもあるようです
お休み処の旗竿をたてること
梅の木の下に縁台をだすこと

白い梅に紅の梅を枝継ぎしたのか

その逆なのか一本に悦びと哀しみの花
茶店の女あるじが待つのは旅人です
たったひとりのその客こそ私なのです
私が汚れのめだつ『生』ならば
野良着のあるじはこざっぱりした『死』
むきあうとたんに知るのです
ずっとふたりでひとりであったのだと
かすむ山々の方角から走ってくるのは
垂れ耳をひるがえす私の犬です

このとき
紺碧の空から掛け軸がはずされます

しまうために巻かれたら
ふたたび見ない夢ですけれど
おののいてしまうのは
はずした手が
誰の手か
ということ

⬅　もうすぐタネができます　　チューリップ　　1956年頃　25.5cm × 22.0cm

もうすぐタネが出きます
チューリップ
G組
小林

第Ⅰ章

むかしの汽車です
汽車の走る音です

■どこかの海 —— 14~15
■正しいのはどっちの時計 —— 16~17

■ピンクちゃん　うかんでごらん。朝ですよ —— 22~23
■風虫の子どもたち —— 24~25

■それに目があれば生きてるよ —— 30~31
■心の地図、道をさがそう —— 32~33

■みんな　あそぶ時間ですよ —— 38~39
■こがらしのかくれんぼ —— 40~41

■トランプしようよ —— 46~47
■ピアノがしてくれたお話です —— 48~49

絵のもくじ

● 表紙

絵の具のチューブと
ネコのあしあと
約 33.0 × 25.5cm

● プロローグ

いらっしゃいませ

● もくじ

弟
妹のまつげ

■小鳥のコーラス ―― 54~55
■虫をこわがってはいけません ―― 56~57

■ジャンプ ―― 64~65
■あっちとこっち ―― 66~67

■子ネコのあそびべや、今はいない ―― 72~73

第Ⅱ章

貝がらはたからもの
お月さまと貝がら

■もしも銀河鉄道に上り線と
下り線があったなら ―― 78~79
■ふしぎな森の生きもの ―― 80~81

■ひとめずつ ―― 86~87
■おばあちゃんちの百合 ―― 88~89

■父のゲタがあります ―― 94~95
■さきっぽから咲くのですね ―― 96~97

■家のなかの好きな場所 ―― 102~103
■とびらをノックしてね ―― 104~105

■信号 ―― 110~111
■兄のもの　たてぶえ ―― 112~113

■南の国のホテル
写真カレンダーを見て ―― 118~119
■はっぱっぱ ―― 120~121

■もうすぐタネができます ―― 124~125

●エピローグ

折り紙をちぎって

⬅ 折り紙をちぎって　1957年頃　10cm × 18cm

りんごは
ちょうこくの
ようにけず
りながら
ナイフで
たべる
すっぱい
おんがく
です

あとがき

■少女の私はラジオ放送の朗読番組、小川未明や宮澤賢治の童謡に耳を傾けました。
■新聞の文化面の記事からは、おとなのさまざまな芸術運動を知りました。
■立体派・キュービズムの詩――

シャボン玉の中へは
庭は入れません
まわりをぐるぐる廻っています
（ジャン・コクトー　堀口大學訳）

■シュールレアリズム宣言をしたのも詩人でした。のどかな朝の牧場に牛がいるのはあたりまえだが、理髪店のタイルの床で、口をモグモグさせていたらドキッとする。そんなドキッでゆさぶりをかけなければ詩を感じられなくなったのが現代の人々。超現実主義とはそういうことなの？
■文学運動のついでに知ったのが抽象美術です。キャンバスのうえ、なにも花の色である必要はない、形は葉や実である必要もない、色や形や線、そのもので美しい。だから抽象画を純粋絵画とよぶの？
■少女の私がおびただしい数の絵をかいたの

は、こうした考え方におどろいたからです。
■そして、なにより暇だったからでした。病や貧しさにとらわれ精一杯でも、学校へいけない分、ひとりぼっちを楽しむ手だてだったのです。
■少女時代の絵、半世紀もまえの安っぽい紙の絵、いく枚かでてきたって画集にしてお見せするようなものか、これは自己れんびん自己まんぞくにすぎないのかも……
■それでも、高度経済成長の初期、東京のはじっこに、こんな女の子がいたとしるしづけたくなりました。
■絵によせた心の軌跡をたどっていただくため詩をならべました。過去の詩集から三作品を選び、望月苑巳さんがまとめてくださる「孔雀船」にのせていただいた詩も、改題したり行をけずったりして一冊の本になるようにしました。
■八年前に左膝を人工関節、部品交換をした体ですが、昨年の夏には右肩も手術。この本づくりにかかわってくださる方々に心配をおかけしました。

■棚沢永子さんはフリーランスの編集者、辛抱づよく私をリードしてくださいました。

■田島安江さんは発行者として、遠路はるばる、うち合わせに来てくださった、それも二回も。

■山本浩貴＋hさんは〝いぬのせなか座〟というおもしろい名前の制作集団の方、私の思いつかないアイデアでサポートしてくださいました。

■感謝いたします。

二〇一九年六月

＊小林あき

●赤ん坊のとき東京大空襲あり。
病気で小学校入学を遅らせたため
ベビーブーム世代と同級生になる。

●少女期に学習雑誌に詩を投稿。

●美術団体公募展出品。

●油絵個展－檜画廊・現代画廊など。

●子どものアトリエの
経験談をつづった文がきっかけで
日本臨床心理学会に出席。

●東ドイツをはじめフランス、北欧
児童施設の見学ツアー参加－1982年

●中国旅行の翌年
桂林風景を中心に個展－1987年

●イギリス最北端へ重度障害のある
仲間をかこみグループ旅行－1996年

●高低のある戸建てからマンションへ
東京板橋区内を転居－2004年

●一年半後、母を亡くす。
「詩をお書きなさい」と
同人誌「孔雀船」に迎えられる。

◆上記以外の所属
日本ワイルドライフ・アート協会
日本児童文学者協会

＊現代詩集

『時計草の咲く家』
跋文・黒田三郎
編集・大西和男
詩学社 1978年

『古風なトランク』
花神社 1981年

『窃視15』
私家版（印刷・待望社）
1983年

＊子どもたちのための詩集

『ふしぎでかわいいモノがたり』
跋文・小長谷清実
イラスト・著者
花神社 2002年

『ものいうランプ』
銅版画・釣谷幸輝
花神社 2007年

＊児童文学

『パパにかママにか ハーモニカ』
解説・藤田のぼる
てらいんく 2010年

ほか

詩画集
あの子の影は黒いチビ猫

二〇一九年八月七日　第一刷発行

文・絵……小林あき
発行者……田島安江
発行所……株式会社 書肆侃侃房（しょしかんかんぼう）
〒八一〇-〇〇四一
福岡市中央区大名二-八-一八-五〇一
TEL：〇九二-七三五-二八〇二
FAX：〇九二-七三五-二七九二
http://www.kankanbou.com/　info@kankanbou.com

装釘・本文レイアウト……小林あき＋山本浩貴＋h
DTP……山本浩貴＋h（いぬのせなか座）
編集……棚沢永子
印刷・製本……シナノ書籍印刷株式会社

ISBN978-4-86385-375-1 C0092